LA SOCIÉTÉ

DU NOBLE JEU DE L'ARC

DE FONTAINEBLEAU

Par M. Maxime BEAUVILLIERS,

Secrétaire de la Section de Fontainebleau, et officier d'Académie.

Extrait du Bulletin de la SOCIÉTÉ d'ARCHÉOLOGIE, Sciences, Lettres et Arts, du département de Seine-et-Marne.

MEAUX

TYPOGRAPHIE DE J. CARRO, RUE DE LA JUIVERIE, 1

IMPRIMEUR DU BULLETIN DE LA SOCIÉTÉ

1875

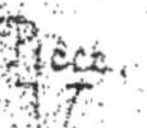

LA SOCIÉTÉ DU NOBLE JEU DE L'ARC DE FONTAINEBLEAU

PAR M. MAXIME BEAUVILLIERS,

Membre fondateur de la Société **(Section de Fontainebleau).**

En me dirigeant, un jour de marché, vers la place centrale de Fontainebleau, je m'arrêtai, suivant une vieille habitude de collectionneur, dans l'allée de tilleuls où stationnent de préférence les bouquinistes. Au fond d'une grande boîte entr'ouverte, se trouvaient confondus, pêle-mêle, d'anciens registres et papiers, quelques brochures et des livres dépareillés.

Le 1er volume de l'*Indifférence en matière de religion,* de Lamennais, édition de 1820, l'œuvre la plus remarquable du célèbre écrivain, et un registre cartonné, recouvert de parchemin jauni, fixèrent plus particulièrement mon attention, et j'en fis l'acquisition. Le registre, de forme in-octavo, contenait 100 feuillets manuscrits, et portait ce titre sur sa couverture extérieure : *Registre appartenant à la Société du noble jeu de l'arc, exerçant dans le parc royal de Fontainebleau.* La première partie renfermait les statuts et règlements particuliers pour la Compagnie des chevaliers de l'arc de Fontainebleau ; la seconde, les procès-verbaux des réunions de la Société, pendant 31 ans, de 1779 à 1810.

Au premier abord, en parcourant rapidement ces procès-verbaux succincts, d'une rédaction presqu'uniforme, suivis des mêmes signatures, j'attachai peu d'importance à ce document. La lecture détaillée de ce manuscrit, m'a fait voir depuis que le hasard de mes recherches m'avait rendu possesseur de la partie la plus intéressante des archives intimes d'une association particulière à Fontainebleau, comptant près d'un siècle d'existence authentiquement constatée (1).

(1) Un registre antérieur au nôtre, remontant à 1734, nous a été, depuis, obligeamment communiqué par M. Eug. Borel, actuellement archiviste de la Société des chevaliers de l'arc de Fontainebleau, dont il constate authentiquement l'existence dès 1698 (V. *infrà* notre appendice).

Deux de nos confrères, avec un zèle qui mérite de trouver des imitateurs dans les autres Sections de la Société d'archéologie de Seine-et-Marne, MM. Carro père et G. Leroy, ont, en 1866, publié le résultat de leurs recherches historiques sur les sociétés des jeux de l'arc et de l'arquebuse, anciennement fondées à Meaux et à Melun (1). A Melun, les archers et les arquebusiers vécurent côte à côte pendant plusieurs siècles, mais, dans les dernières années du règne de Louis XV, l'institution des archers prit fin, tandis que celle des arquebusiers se maintint jusqu'en 1790 (2). A Fontainebleau, au contraire, la Société de l'arc s'organise et se développe sérieusement quand celle de Melun se meurt.

Un de nos laborieux confrères, depuis démissionnaire, M. Dorvet, a publié dans l'*Almanach historique de Seine-et-Marne*, édité par M. Le Blondel (3), une note fort concise sur la confrérie de Saint-Sébastien, leur patron, dont les arquebusiers et les chevaliers de l'arc célébraient annuellement la fête. Ce petit travail, écrit au point de vue d'un fabricien-annaliste, — si l'on peut s'exprimer ainsi, — est basé sur des documents spéciaux, renfermés dans les archives de la fabrique de l'église de Fontainebleau. D'après le plan qu'il a suivi, M. Dorvet s'est borné à relater sommairement quelques particularités sur la confrérie de Saint-Sébastien, autorisée à Fontainebleau, par Mgr l'archevêque de Sens, le 27 mai 1675, et à mentionner les diverses donations faites à cette association (4).

Sur le passé de la Société du jeu de l'arc de Fontainebleau, antérieur à 1789, sur son organisation, sur ses statuts, ses réunions, ses exercices annuels, sur les procès-verbaux de ses séances, M. Dorvet se tait complétement. C'est cette lacune que nous nous proposons de combler à l'aide des deux registres mentionnés plus haut. Mais, avant d'analyser ces documents inédits, il convient d'indiquer l'origine du jeu de l'arc et de résumer son passé historique.

(1) V. *Archers et Arquebusiers de Melun*, par G. Leroy. 1866. — Michelin, imprimeur à Melun. — *Histoire de la Ville de Meaux*, par Carro père, édit. à Meaux.

(2) V. Décret du 12 juin 1790, ordonnant la dissolution des Chevaliers de l'Arquebuse.

(3) V. 10e année, — 1870, — p. 141-144.

(4) V. 1° Archives de la fabrique de l'église Saint-Louis, de Fontainebleau ; — 2° donation devant Me Paulmier, notaire, du 21 janvier 1680 ; — 3° donations de rentes, en 1727.

I.

ORIGINE DU JEU DE L'ARC. — SON PASSÉ HISTORIQUE.

L'arc est une arme faite d'un morceau de bois élastique qui, courbé fortement par les deux bouts, au moyen d'une corde bandée, fait partir une flèche avec grand effort en se remettant dans son état naturel. Devenu plus tard une arme de guerre, l'arc était primitivement un instrument destiné à protéger l'homme contre la voracité des bêtes fauves. Cette arme est réputée noble, parce que, dans l'origine, ceux qui se servaient de l'arc se livraient au noble exercice de la chasse.

La mythologie et l'histoire se réunissent pour attester que l'usage de l'arc était connu dès la plus haute antiquité. Dans les temples de Delphes et de Délos, les statues d'Apollon le représentaient un arc à la main, pour rappeler qu'il avait tué le serpent Python à coups de flèches (1). Aux concours ouverts périodiquement à Delphes, le combat d'Apollon contre le serpent Python était proposé comme sujet de poésie (2). La fable mettait entre les mains de Cupidon un arc et des flèches pour indiquer que l'amour était une blessure faite au cœur des humains par le fils de la blonde Astarté.

L'un des premiers, Nemrod se servit de l'arc comme arme de guerre. Les Crétois, dès leur plus tendre enfance, s'exerçaient constamment à l'arc et à la fronde. Ils devinrent les meilleurs archers et les plus habiles frondeurs de la Grèce. Durant la guerre du Péloponèse, les Crétois mirent à la solde des Athéniens un corps de frondeurs et d'archers que ces derniers leur avaient demandé (3).

Xénophon vante l'habileté de la cavalerie persane qui, dans sa fuite, lançait des flèches qui arrêtaient la furie du vainqueur (4). L'adresse des Parthes est devenue proverbiale. Cette expression « la flèche du Parthe, » dans le langage oratoire, sert à définir cet argument décisif, inattendu, concluant, qu'un défenseur habile

(1) V. J.-J. Barthélemy, *Voyage du jeune Anacharsis en Grèce*, p. 374, 375. 2e vol. — *Mém. de l'Acad. des belles-lettres*, vol. 3e, p. 308 ; vol. 9e, p. 380.

(2) V. Strabon, lib. 9e, p. 421.

(3) V. J.-J. Barthelemy, *Voyage du jeune Anacharsis*, 6e vol., p. 214. — Hérodote, lib. 7e, cap. 169. — Thucydide, lib. 7e, cap. 57.

(4) V. Cyropédie, lib. 3e, cap. 306. — J.-J. Barthélemy, *Anacharsis*, 1er vol., p. 255.

réserve pour sa péroraison, et qu'avant de terminer il dirige contre son adversaire pour l'écraser.

L'Écriture sainte se sert de cette figure : « Dieu a bandé son arc, » pour dire qu'il menace les hommes. Chez les Mogols, l'arc est l'attribut principal du souverain ; la flèche, celui d'un ambassadeur. Les Grecs honoraient, même après leur mort, le mérite et l'adresse des plus habiles archers.

Pausanias raconte que dans un temple de la Grèce on gardait soigneusement la statue d'un athlète et archer célèbre appelé Timanthe. Dans sa vieillesse, Timanthe s'exerçait tous les jours à tirer de l'arc (1). Un voyage que fit Timanthe l'obligea de suspendre cet exercice. Il essaya de le reprendre à son retour ; mais, voyant que sa force était diminuée, il ne voulut pas survivre à sa décadence physique, et, de désespoir, il se précipita volontairement dans les flammes d'un bûcher qu'il avait dressé et allumé lui-même (2).

Un autre exemple cité par Montaigne, démontre que de tout temps les archers célèbres se sont fait un singulier point d'honneur de conserver intact leur renom d'habileté. « On offroit, dit « l'auteur des *Essais*, à un excellent archer condamné à mort, de « luy sauver ses jours, s'il vouloit faire quelque notable preuve « de son art. Il refusa de s'en essayer, craignant que la trop « grande contension de sa volonté luy fist fourvoyer la main, et « qu'au lieu de conserver la vie il perdit encore la réputation qu'il « avait acquise au tirer de l'arc. » (3).

A Rome, — qui, sur tant de points, s'est modelée sur la Grèce, — le jeu de l'arc entrait dans l'éducation gymnastique des enfants qui s'exerçaient au maniement de cette arme, dans le Champ-de-Mars, sous les yeux des chevaliers romains. Des concours étaient institués dans les grandes solennités et à certains jours de fête. Des couronnes étaient décernées aux vainqueurs pour encourager leur adresse.

Il se peut que la légende ait exagéré la justesse presque miraculeuse de Guillaume Tell. On ne saurait pourtant omettre le nom

(1) De même, à notre époque, dans l'armée, beaucoup d'officiers généraux font journellement des armes, dans un but hygiénique, et pour conserver l'élasticité de leurs muscles.

(2) Pausanias, lib. 6e, cap. 9, p. 471, 473, 474, 478, 481. — Barthelemy, *Anacharsis*, tome 3e, ch. 38e, p. 405.

(3) V. *Essais*, de Montaigne, tome 10e, livre 3e, ch. 17e, p. 116. édit. de 1801.

du libérateur de l'Helvétie, même dans l'énumération la plus succincte des archers dont l'histoire a enregistré les noms fameux.

L'invention de la poudre à canon ayant donné naissance aux armes à feu, l'usage de l'arc se perdit peu à peu dans les armées.

Les rois de France, en mémoire des services signalés que leur avaient rendus les archers, leur concédèrent d'honorables prérogatives et d'importants priviléges. Un édit de création et privilége, rendu par Charles VI le 12 juin 1411, portait exemption en leur faveur d'aides, gabelle et tailles. Cet édit fut confirmé par lettres-patentes du même roi, enregistrées en cour souveraine le 11 août 1413, et par lettres de Henri VI, se qualifiant roi d'Angleterre et de France.

Souvenir particulier, — qu'il faut noter pour l'histoire locale de notre province, — c'est au camp, devant la ville de Montereau-fault-Yonne, qu'en 1457 furent données aux archers, par Charles VII, de nouvelles lettres confirmatives de celles de son père.

Louis XI, Charles VIII, Louis XII, François Ier, Henri II, Charles IX, en 1571, Henri IV, en 1596, Louis XIII, en 1614, Louis XIV (1), Louis XV, en 1724, par une série d'édits, ordonnances et lettres royales, ont déterminé les priviléges des arbalétriers, archers, chevaliers de l'arc, et proclamé l'intérêt que les rois de France portaient à cette institution.

Leur service, qui les rapprochait de la personne du roi, avait donné une grande importance aux archers de la garde écossaise, instituée par Charles VII. On leur accordait le rang et les honneurs dus aux gentilshommes. Ils étaient armés, équipés et montés richement. Chacun d'eux avait droit à un supplément de solde pour l'entretien d'un écuyer, d'un varlet, d'un page et de deux aides (2). Louis XI, continuant les traditions de son prédécesseur, avait attaché à sa garde, pour faire le guet nuit et jour, dans son château de Plessis-lès-Tours, une compagnie de 300 archers, choisis parmi les gentilshommes des meilleures familles d'Écosse (3).

Dès le XIIIe siècle, Augustin Thierry signale les tâtonnements

(1) V. les 45 vol. des *Ordonnances de Louis XIV*, cotées 5, lettre G, folio 141.

(2) Pendant la guerre de Cent-Ans, « à Poitiers, Crécy, Azincourt, il faut attribuer nos revers au calme tenace des Anglais et à l'habileté de leurs archers. Dans ces chocs, leurs chefs, toujours bien postés, comptèrent tellement sur cet avantage qu'on les vit attendre notre attaque, et recevoir plutôt que donner bataille. » (8e vol. des *Mém.* du général Ph. de Ségur, p. 271, Didot, éd.).

V. *Quentin-Durward*, de W. Scott, le roman préféré des Français.

et les premiers essais de la milice bourgeoise (1). Aussi, ce n'est qu'à partir de cette époque que commencèrent à se former en France les compagnies des chevaliers de l'arc, associations toutes civiles, distinctes des archers et arbalétriers militaires, dont Juvénal des Ursins et autres chroniqueurs nous ont attesté le courage et les exploits.

II

SOCIÉTÉ DU JEU DE L'ARC DE FONTAINEBLEAU.

Fontainebleau étant une ville toute moderne, dont la création comme paroisse distincte, remonte à deux siècles seulement, ne saurait invoquer pour sa compagnie de chevaliers de l'arc, une existence aussi ancienne que celle d'Avon, son aînée, qui a précédé de beaucoup notre royale cité, dans la vie paroissiale et communale. Ce n'est qu'à l'époque de l'établissement dans notre paroisse, d'une confrérie de Saint-Sébastien, patron des archers et des arbalétriers (1675), qu'on peut reporter les débuts de la société des chevaliers de l'arc de Fontainebleau (2).

Sous l'ancienne monarchie, dans les villes voisines des frontières, les compagnies d'archers et d'arquebusiers ont rendu de signalés services, en défendant victorieusement leurs remparts. Le passé de la société du jeu de l'arc de Fontainebleau, est plus modeste et moins glorieux. Les luttes toutes pacifiques que cette association eut à soutenir, n'ont pas dépassé le parc et la forêt qui côtoient et entourent notre palais historique. Dans leurs plus lointaines expéditions, les chevaliers de Fontainebleau se sont bornés à prendre part aux concours provinciaux établis dans la Brie et le Gâtinais. (V. à l'appendice la mention d'un concours où Fontainebleau refusa de céder le pas à Paris).

Les concours les plus brillants de notre contrée, furent ceux de **1717, 1730, 1773** et **1778.** Ils attirèrent une affluence pareille à celle qui se presse de nos jours aux réunions des sociétés orphéoniques. Ces tirs provinciaux furent à Montereau-fault-Yonne et à Meaux, l'occasion de fêtes magnifiques, dont le récit nous a été

(1) V. Augustin Thierry, *Histoire du Tiers-État.* A. Monteil, *Histoire des François.*

(2) L'érection de Fontainebleau en paroisse distincte d'Avon date de 1661. — Néanmoins, les registres paroissiaux d'Avon conservèrent à l'église d'Avon le titre de « cure-matrice » de Fontainebleau.

transmis dans l'*Almanach de la ville de Meaux*, de 1774, et dans un petit volume imprimé à Meaux, en 1778, chez Courtois (1).

La chronique locale nous a conservé le nom d'un des plus habiles tireurs de cette époque, Jacques Champagne, de Montereau, qui, en neuf ans, abattit sept fois l'oiseau, et fut en récompense de son adresse, nommé *Empereur* de la compagnie de Montereau. La réputation de Champagne avait franchi les limites de notre province. Vainqueur à Meaux, ce chevalier avait également remporté le prix au tir général qui eut lieu à Saint-Quentin, en 1774 (2).

III

STATUTS DE LA SOCIÉTÉ DE L'ARC DE FONTAINEBLEAU.

L'examen détaillé des statuts constitutifs de la société du noble jeu de l'arc de Fontainebleau, le dépouillement et l'analyse des procès-verbaux des séances de cette association, nous permettront de nous initier aux exercices corporels, aux honnêtes distractions des chevaliers de l'arc. A défaut de scènes historiques, que cette simple esquisse ne saurait comporter, il nous sera donné d'étudier un coin intime de la vie de nos ancêtres, et d'entrevoir en imagination, un de ces petits tableaux de genre, empruntés aux mœurs provinciales et aux habitudes du XVIIIe siècle, qu'affectionne le pinceau observateur et si fin de notre Meissonnier.

La jouissance de faire revivre momentanément par la pensée, une ancienne association particulière à notre ville, — jouissance que nous voudrions faire partager à nos confrères, — nous l'avons éprouvée à la lecture de plusieurs articles du règlement de la société. Malgré l'aridité technique et la sobriété de leur rédaction, on découvre fréquemment le trait qui intéresse, le détail qui instruit. On revoit ces simples bourgeois de notre cité, cherchant dans un amusement honnête une diversion au tracas des affaires ou du commerce. On les retrouve avec cette courtoisie dans leurs rapports, cette politesse de vieux langage qui caractérisaient les hommes de la société du XVIIIe siècle, s'interdisant, sous peine

(1) V. *Journal historique du prix provincial de l'Arquebuse.* — In-8°, Meaux, 1778.

(2) V. *Arquebusiers de Brie,* — *Almanach historique de Seine-et-Marne*, p. 94, — 1869, 9e année, Le Blondel, éditeur à Meaux.

d'amende, tous jurements dans la conversation, toutes paroles ou chansons déshonnêtes (1).

Fidèles à ce vieil usage de nos pères, encore en vigueur dans quelques familles privilégiées, et qui tend à tomber en désuétude, les chevaliers de l'arc de Fontainebleau, quand ils se réunissaient entre eux, ne s'asseyaient jamais à table, sans dire au préalable le *Benedicite*, et ils ne se retiraient qu'après avoir récité les *Grâces*. Les jours de festin, dans les occasions solennelles, on chantait un *Benedicite* en vers français, composé exprès pour ces cérémonies, dont nous reproduirons plus loin le texte entièrement inédit.

Le règlement particulier en 33 articles, adopté par la compagnie du jeu de l'arc de Fontainebleau, était extrait des statuts généraux, arrêtés par Monseigneur Henri-Charles-Arnauld d'Andilly de Pomponne, conseiller d'état ordinaire, commandeur, chevalier des ordres du roy, abbé de l'Abbaye royale de Saint-Médard-les-Soissons, et en cette qualité, grand-maître et juge souverain du noble jeu de l'arc et des confréries de Saint-Sébastien de tout le royaume de France (2).

(1) Sur ce point, comme sur tant d'autres, le règlement était scrupuleusement observé par les chevaliers. Les procès-verbaux des séances de la Compagnie de Fontainebleau, pendant une période de 30 ans, ne font mention que d'une amende et d'un rappel à l'ordre, infligés à deux sociétaires : au premier, pour inexactitude aux réunions, et au second pour trop de vivacité dans la discussion.

(2) La famille des Arnauld était originaire d'Auvergne, et antérieurement de la Provence. C'était une solide et ancienne maison de robe et d'épée, apparentée à de grands seigneurs, poussée de toutes parts dans les finances et au palais. — De la Mothe-Arnauld (aïeul du grand Arnauld, de Port-Royal, l'ami de Boileau, et d'Arnauld d'Andilly, frère aîné du célèbre janséniste) était commandant d'une compagnie de chevau-légers et procureur général de la reine Catherine de Médicis. V. Besoigne, *Généalogie des Arnauld*, — *Histoire de Port-Royal*, tome 1er. — D'Andilly, le père de M. de Pomponne, ministre de Louis XIV, apporta, dit Sainte-Beuve, en venant se retirer à Port-Royal, « une sorte de grâce frugale et sobre, non-seulement des fruits, mais des fleurs. »

D'Andilly se vantait d'avoir fait 800 vers en carrosse (V. *Port-Royal*, de Sainte-Beuve, 2e vol., p. 6, 252, 253, 260, et 5e vol., p. 15-19. — Le fils de d'Andilly, M. de Pomponne, secrétaire d'État des affaires étrangères sous Louis XIV, avait succédé, en 1671, à M. de Lyonne. Disgrâcié en 1679, après la catastrophe de Fouquet, il rentra au Conseil en 1691, et mourut en 1699.

Sur l'élévation, la disgrâce, la rentrée en faveur du ministre Pomponne, v. *Mém. de Saint-Simon*, chap. 52, p. 157, et chap. 54, p. 160-161. « De la plus solide et de la plus éclairée piété, Pomponne, — dit le noble duc historien, — était d'un sens droit, juste, exquis. Il pesait tout et faisait tout avec maturité, mais sans lenteur. »

Le fief et le château de Pomponne étaient situés dans la Brie. Le village de Pomponne est aujourd'hui compris dans le canton de Lagny.

La compagnie était composée d'un *Roi* (première personne du jeu), de deux officiers en chef, un capitaine-connétable et un lieutenant, et de simples chevaliers. Etait proclamé roi du jeu, celui qui abattait l'oiseau. Le roi, le capitaine et les autres officiers devaient veiller à l'exécution des statuts; le roi donnait le premier son avis dans les assemblées. En cas de partage, il avait voix prépondérante.

Le droit de grâce inhérent à tout chef d'état monarchique ou républicain, était également un des attributs de cette royauté toute temporaire. Le roi et le capitaine, ensemble et non séparément, jouissaient du privilége de pouvoir commuer les jugements rendus par la compagnie contre les officiers ou les chevaliers.

En l'absence du roi et du capitaine, leurs pouvoirs étaient dévolus aux autres officiers, selon leur rang. Il y avait trois officiers subalternes, un trésorier, un procureur, un greffier. Pour toutes les dépenses au-dessus de vingt livres, le trésorier était tenu d'en donner avis à la compagnie. Le procureur devait signaler dans un rapport les infractions commises contre le règlement par les chevaliers. Après avoir entendu les parties en cause, l'assemblée statuait à la pluralité des voix. Le greffier ou secrétaire mentionnait sur un registre, les actes, décisions, délibérations et procès-verbaux de la compagnie.

Pour être reçu chevalier, il fallait se faire présenter à la compagnie par un parrain. L'assemblée votait au scrutin secret, sur l'acceptation ou le refus du candidat. Chaque chevalier était tenu de verser annuellement à la masse une somme de neuf livres, qui, eu égard à l'accroissement du numéraire au XIXe siècle, était l'équivalent à peu près exact des douze francs de cotisation annuelle, fixée par notre société d'archéologie.

Le dernier jour du mois d'avril, le roi convoquait les chevaliers en la salle ordinaire des séances, à l'issue des vêpres de la paroisse, afin de prendre jour pour tirer l'oiseau. On fixait ordinairement le tir de l'oiseau au premier jour ou au premier dimanche de mai. Celui qui était proclamé roi, recevait un présent de la somme de neuf livres, qui était remis au nouveau monarque, avec toutes les marques de déférence dues à son rang suprême.

L'oiseau était tiré d'abord par le roi; les autres officiers et chevaliers tiraient en suite, suivant leur rang hiérarchique, et sans pouvoir le changer, à peine de nullité des coups. Lorsque l'oiseau était abattu, le compagnie devait se retirer en bon ordre, et à la pluralité des voix, elle procédait à la proclamation du roi.

L'oiseau était fait de bois, avec défense d'y mettre aucun fer ni laiton. Pour être roi, il fallait abattre le corps de l'oiseau, en le frappant avec la flèche. Etait également reconnu roi, celui qui jetait l'oiseau à bas, en le frappant à la tête, à l'aile ou à la queue. Le tireur qui parvenait à abattre l'oiseau, en ébranlant la perche, ne pouvait être proclamé roi.

Si un officier ou chevalier abattait l'oiseau, trois années de suite, il était déclaré et reconnu *Empereur* (1). A partir de ce jour, il avait, sa vie durant, le premier pas et la première voix, en tout et partout, avant le roi.

A peine de nullité du coup, aucun officier ou chevalier ne pouvait tirer avec l'arc d'un confrère. Défense était faite à tous officiers ou chevaliers de tirer sur aucun prix, les jours de Pâques, Pentecôte, Trinité, Assomption, et des fêtes patronales de la paroisse, ainsi que pendant la messe, sermon et vêpres de tous les dimanches et fêtes de l'année, et généralement tous les jours où le Saint-Sacrement était exposé. Celui qui jurait le nom de Dieu par colère ou autrement, était passible la première fois de vingt sous d'amende, la seconde de quarante, et la troisième, était expulsé de la compagnie, sans pouvoir y rentrer (2).

Celui qui s'était rendu coupable d'injures à l'égard d'un confrère, était, suivant la gravité du délit, rappelé à l'ordre par le président, ou condamné à une amende extraordinaire. Etait à jamais exclu de la société, celui qui se livrait à des voies de fait. Il était expressément défendu à tous officiers et secrétaires, étant au jeu ou dans les réunions de la compagnie, de discuter sur la politique du gouvernement.

Lorsque le roi tirait son premier coup de flèche, les officiers et

(1) M. Paillard père, de Fontainebleau, fondateur et organisateur de la Société du Jeu de l'Arc, fut celui qui exerça la plus longue souveraineté. Successivement roi, empereur, il conserva jusque dans la vieillesse la plus avancée, une adresse hors ligne au tir de l'arc. Pour couronner sa longue et victorieuse carrière, il fut, en dernier lieu, promu à la dignité de doyen de la Compagnie.

(2) En se rappelant qu'Arnauld d'Andilly de Pomponne est le rédacteur des statuts généraux des sociétés de l'arc — qui ont servi de modèle au règlement de la Compagnie de Fontainebleau, — on ne s'étonnera pas de la sévérité un peu puritaine de quelques-unes de leurs dispositions. — D'une solide piété, « jansénistes en habit de cour, comme le dit si judicieusement Sainte-Beuve (*P. R.*, 1er vol., p. 53, et 2e vol., p. 6), les d'Andilly de Pomponne appartenaient à une famille d'une entière vigueur, saine et bien trempée. »

chevaliers, par respect, devaient se tenir debout et découverts. L'oiseau se tirait toujours, la première fois, en grande tenue; il fallait être en habit propre et décent. Nul ne pouvait se présenter au tir sans col, ni en veste, ni en chemise, à peine d'être refusé ou de payer la valeur d'une partie.

La distance d'une butte à l'autre était fixée à vingt-huit toises, mais le tireur avait le droit de se mettre à la distance de trente, ce qui est observé dans tous les jeux de flèches.

Pour délibérer, la moitié, plus un des membres présents, était nécessaire aux séances de la Société. Le président ouvrait la séance par trois coups d'arc, en disant : « Mes frères (chaque sociétaire se donnait mutuellement le titre de frère), la séance est ouverte. » Toute conversation particulière devait alors cesser.

Les deux tiers des voix des chevaliers étaient nécessaires pour assurer l'élection de celui qui voulait faire partie de ladite Compagnie. Le candidat devait subir plusieurs épreuves, ainsi que cela est en usage dans les sociétés de francs-maçons. Accompagné d'un introducteur, il devait se présenter devant le président et lui remettre son acte de réception. On donnait lecture au candidat du règlement de la Société. Après en avoir pris communication, le candidat faisait serment de s'y conformer, et il jurait de ne jamais révéler à d'autres qu'à des frères les signes, paroles et attouchements en usage parmi les chevaliers.

Le président, après avoir donné au récipiendaire le baiser d'union, lui expliquait la signification des principales épreuves qu'il avait subies. L'attouchement indiquait qu'il fallait tendre une main secourable aux frères indigents; le baiser d'union représentait la concorde qui devait régner entre les sociétaires. Enfin, il y avait certains mots dits *sacrés* et *incommunicables*, dont le président donnait au récipiendaire le sens secret et l'explication; après quoi la séance était levée (1) Le candidat était de suite initié aux *monita secreta* de la Société.

(1) La cérémonie d'introduction du récipiendaire rappelait beaucoup celle en usage dans les sociétés de francs-maçons. Le candidat était d'abord conduit par l'introducteur dans une pièce à part « appelée le cabinet des reflexions. » De là, il était amené devant le président par son introducteur, qui lui donnait la main. Mais avant d'entrer, le récipiendaire était obligé de frapper à la porte de la pièce où siégeait le président. Cette porte, fermée jusque là, ne s'ouvrait que sur l'autorisation du président, et après que l'introducteur avait annoncé sa visite et celle du candidat.

V. 1° Ragon, *Cours philosophique et interprétatif des initiations anciennes et*

Dans les banquets, la table était présidée par le roi ou par l'empereur. Tout ce qui servait au banquet changeait de nom. Les verres se nommaient *arc*, les bouteilles *carquois*, le vin *flèche*, le pain *manne*, les assiettes *cartes*, les mets *prix*, l'eau *plume blanche*.

Avant de s'asseoir à table, les chevaliers restaient debout et découverts, pendant que le président chantait les deux premiers versets d'un *benedicite* ou cantique d'ouverture du banquet. Le reste du cantique était achevé en chœur par les chevaliers. Ce *benedicite*, œuvre inédite et non signée d'un chevalier, dont, malgré nos recherches, nous n'avons pu découvrir le nom, n'était chanté que dans les grandes réunions solennelles de la Société. Comme il se trouve transcrit en entier sur le registre des délibérations de la Compagnie de Fontainebleau, nous le reproduirons, non pour attirer rétrospectivement l'attention sur l'essai de poésie locale, et toute de circonstance, d'un amateur de notre ville, qui a désiré garder l'anonyme, mais pour signaler les préoccupations philosophiques et religieuses qui agitaient nos ancêtres vers la fin du XVIIIe siècle, et surtout la source franc-maçonnique où le versificateur de Fontainebleau a fréquemment et visiblement puisé ses inspirations :

Air : *Aussitôt que la lumière*, etc., etc.

Elevons une âme pure,
A notre divin auteur,
Amis, et dans la nature,
Admirons son créateur.
Chantons le grand architecte,
Qui jeta ses fondements,
Qui forma l'homme et l'insecte
Et ces vastes éléments.

Ce fut ce puissant génie,
Qui, du chaos ténébreux
Fit éclore l'harmonie
De ces globes lumineux ;
Qui, sous la céleste voûte,
Plaça ces mondes divers,
Et l'astre qui, dans sa route,
Féconde cet univers.

modernes ; — 2° Alex. de Saint-Albin, les *Francs-maçons et les Sociétés secrètes* ; — 3° Mgr de Ségur, les *Francs-maçons*, — 1873, 33e édition. — Tolra, éditeur.

A te rendre nos hommages,
Qu'ici nous trouvons d'attraits !
Grand Dieu ! chanter tes ouvrages
C'est retracer tes bienfaits.
Sans cesse ta main féconde
Sous nos yeux les reproduit ;
Si de fruits la terre abonde,
C'est elle qui l'enrichit.

Reconnais, père adorable,
A nos respects tes enfants ;
Vois-les d'un œil favorable
Se nourrir de tes présents.
De ce banquet qui s'apprête,
Bénis les mets en ce jour ;
Daigne honorer cette fête,
D'un souris de ton amour.

Ce dernier vers, dont le tour galant contraste avec la gravité du début, assigne une date certaine à ce cantique. Il dénote, chez l'auteur, un contemporain et un lecteur assidu des poésies légères de Bernis et de Dorat et des écrits philosophiques des déistes du siècle dernier.

IV.

PROCÈS-VERBAUX DES SÉANCES DE LA SOCIÉTÉ.

Les procès-verbaux des séances de la Société de Fontainebleau constituent ses véritables annales. De 1779 à 1809, pendant 30 ans, le principal organisateur de la Compagnie, M. Paillard père, sauf de courtes interruptions, a exercé une souveraineté incontestée. Sa signature, comme roi du Jeu de Fontainebleau, figure avec celle des autres membres du bureau, au bas du règlement fondamental de la Société (juin 1779).

Roi en 1779, 1780, proclamé empereur en 1781, maintenu en 1782, 1783, réélu en 1787, 1790, 1791, nommé doyen en 1807, M. Paillard père, en 1809, remporta une victoire signalée dans les délibérations de la Société. Après deux jours de luttes (22 et 23 mai 1809), l'oiseau n'avait pu être abattu. Seul, le doyen de la Société, malgré son grand âge, parvint à le frapper de sa flèche et à le jeter à bas. Aussi, fut-il, à l'unanimité, promu président. Sa reconnaissance eut lieu d'une façon toute solennelle. Il reçut le baiser fraternel, occupa le fauteuil, et on lui rendit des honneurs exceptionnels. Voici, par ordre de date et d'ancienneté, les noms des rois qui se sont partagé, par intervalles, les dépouilles de cet Alexandre du jeu de l'arc.

1784, Bézery le jeune. — 1786, Geoffroy (Joseph). — 1788-1789, Chenal. — 1802, Rollet. — 1803-1804, Duclercq. — 1806-1807, Besnard.

Les chevaliers dont les noms reviennent le plus fréquemment sous la plume du secrétaire (il y avait, comme dans chaque section de notre Société départementale d'archéologie, un groupe de membres habitués qui se faisaient remarquer par une assiduité plus grande aux séances de la Compagnie), — étaient MM. Paillard père et fils, les trois frères Bézery, Chenal, Rollet, Bernard, Duclercq, Auffroy, les frères Fessard, Maréchaux, Marcelin, Lefèvre, Passereau, etc., etc.

Parmi les chevaliers on voyait figurer des entrepreneurs de travaux du Palais, des commerçants de Fontainebleau, surtout des maîtres d'hôtel, qui ont constitué de tout temps la principale et presque unique industrie de notre ville. Il y avait là tout une dynastie d'hôteliers. Les trois frères Bézery étaient ainsi distingués : Bézery, de la *Sirène*, rue de France ; Bézery, du *Cygne*, grande rue (ces deux hôtels subsistent encore) ; Bézery, de la *Galère*. La *Galère* est supprimée depuis 1848, et transformée aujourd'hui en une maison bourgeoise, située boulevard de Magenta, n°s 8 et 10, appartenant à M. Vergé, commis-greffier du tribunal de première instance. Sur la façade extérieure de la maison, on voit encore l'enseigne de l'hôtel. C'est une galère sculptée entre deux fenêtre du premier étage ; garnie de mâts et de voiles, elle vogue sur une mer agitée.

Plusieurs de ces familles sont aujourd'hui éteintes à Fontainebleau, mais quelques-unes subsistent, et comptent des parents ou alliés dans notre Section.

On peut suivre pas à pas sur les procès-verbaux de la Société, les étapes glorieuses ou néfastes de notre histoire, parcourues de la fin du XVIIIe siècle jusqu'à celle du premier Empire. En 1792, quand l'ennemi foule le sol de la patrie, quand deux villes françaises, Verdun, Longwy, tombent au pouvoir des Prussiens, la compagnie des chevaliers de l'arc de Fontainebleau ferme ses séances. En présence du deuil de la patrie et des échecs successifs éprouvés par les armées françaises, quand tant de nos malheureux compatriotes viennent de périr victimes de leur dévouement et de leur bravoure, les membres du bureau de la Société décident que toute distraction publique doit être formellement interdite. En conséquence, ils ajournent indéfiniment à des temps meilleurs, les exercices du tir à l'arc.

Du 30 mai 1792 au 20 germinal an 6 (1797), c'est-à-dire pendant toute la Terreur et les deux premières années du Directoire, il y a interruption complète des séances. La société ne fonctionne plus, elle ne revient à la vie que lorsque les orages révolutionnaires se sont calmés. — Les rapides victoires de la première campagne d'Italie, Castiglione, Arcole, Rivoli, terminées par le traité de Campo-Formio (1797), sont le signal de la reprise des jeux des chevaliers de Fontainebleau.

A la veille du traité d'Amiens (1802), qui mit fin à la guerre de la France et de l'Angleterre, quand l'inquiétude commençait déjà à gagner les esprits, — « en raison de l'incertitude de la paix ou de la guerre, » — dit le secrétaire-rédacteur dans son procès-verbal du 18 floréal an XI, on différa le tir de l'oiseau, qui ne fut que momentanément interdit, car ces craintes furent heureusement de courte durée.

Peu de temps après, la signature du traité d'Amiens ouvrait la période la plus pacifique et la plus prospère du Consulat et de l'Empire, et les archers ne notre ville, exempts des préoccupations qui les assiégeaient naguère, pouvaient se livrer, en toute sécurité, à leur délassement favori.

Pour compléter autant que possible ce petit travail, il convient de suivre la Société du jeu de l'arc de Fontainebleau, dans les différentes stations qu'elle a successivement occupées, tant pour le siége de ses séances que pour le lieu de ses exercices. En tête des statuts fondamentaux de la compagnie, on indique que la Société « a été érigée » dès le principe, à l'*hôtel de Madame* ou de la *Grande Mademoiselle*. Cette ancienne demeure seigneuriale, plus connue aujourd'hui sous le nom d'*hôtel du Tambour*, est située boulevard de Magenta, près du *mess* des officiers. La porte monumentale de cet hôtel, en gresserie sculptée, est surmontée d'un énorme tambour, posé de roule, au sommet du fronton.

De 1779 à 1792, les réunions de la Société se tinrent très-régulièrement chaque année, à l'*hôtel du Tambour*, mais en l'an XII (1801), la Société transporte ses pénates à l'*hôtel de la Galère ;* l'année suivante, elle se réunit dans le parc national de Fontainebleau, revient en 1806, à la *Galère*, delà, s'installe au lieu dit le

Polygone, puis en 1807, à l'*hôtel de la Sirène*, pour se fixer en 1809 et 1810, à l'*hôtel du Cygne*, grande rue.

Une note inscrite sur le registre des délibérations, à la date du 6 floréal an IX (1800), indique qu'a cette époque les chevaliers de l'arc s'exerçaient sur un terrain qu'ils avaient pris à location. « Ces buttes, y est-il dit, se trouvant obstruées par la plantation des tilleuls, seront reconstruites aux frais de la Société, et sera allouée au citoyen Bézery, propriétaire du terrain, une somme de vingt livres. »

L'entretien des buttes nécessitait une dépense annuelle que l'on voit figurer sur les comptes du trésorier. Plus tard, la Société ayant reconnu la nécessité d'avoir à sa disposition un emplacement pour déposer les arcs, flèches, instruments, et tout le matériel de la compagnie, afferma pour neuf ans, à partir du 1er avril 1809, une chambre et un terrain, appartenant au propriétaire de l'*hôtel du Cygne*, moyennant un loyer annuel de 50 livres tournois.

Comme toutes les institutions périssables de ce monde, notre modeste association de Fontainebleau a eu ses jours de prospérité et de décadence. Bien que les exercices eussent lieu dans les plus longs jours de l'année, à partir du 1er mai, l'effectif de la compagnie s'était tellement accru en 1787, que les parties étaient devenues beaucoup trop longues, en raison du grand nombre des tireurs. Aussi, par un arrêté du 24 juin 1787, il fut décidé que l'on ne tirerait plus désormais que quatre parties au lieu de cinq, à chaque réunion. La durée de l'agitation révolutionnaire, les guerres de la République, entravèrent bientôt l'essor de la Société de l'arc qui, en 1802 (21 fructidor an XIII), se trouvait réduite à dix membres seulement.

Sous le premier Empire, par suite d'une tolérance tacite et toute provisoire, la Société de Fontainebleau avait l'habitude de se réunir une fois par an, le jour de la Pentecôte, dans le parc de Fontainebleau.

Une correspondance, reproduite littéralement par le président de la société, et dont les originaux doivent être conservés aux archives de la mairie de Fontainebleau, s'engagea à ce sujet, en 1807, entre les chevaliers et le grand maréchal du palais. Au nom des chevaliers de Fontainebleau, M. Besnard, leur président, adressa à Son Excellence Monseigneur Duroc, duc de Frioul, grand maréchal du palais, — une demande en date du 4 octobre 1807, — dans laquelle il exposait « qu'une Société d'honnêtes

« habitants de Fontainebleau, connus avant la Révolution sous le « nom de chevaliers de l'arc, avait toujours obtenu de M. le « conservateur des domaines et de M. le colonel Ragois, comman- « dant d'armes, la permission de se réunir une fois l'an, le jour « de la Pentecôte, dans le parc de S. M. l'Empereur et Roi, à « l'endroit appelé la *Demi-Lune*, pour tirer l'oiseau à la flèche. »

« La *Demi-Lune* a été choisie à cause de la beauté de l'empla- « cement, et de la hauteur des arbres, dans l'un desquels l'oiseau « peut être monté à 120 pieds, pour être jeté en bas par la « flèche. »

« Pourquoi l'exposant suppliait Son Excellence d'accorder à la « Société de Fontainebleau, la même faveur dont elle avait joui « précédemment et d'agréer l'assurance de sa gratitude. »

Le 5 novembre 1807, cette demande fut accueillie favorablement par le duc de Frioul, et M. Dubois d'Arneuville, maire de Fontainebleau, en donna avis au président de la Société de l'arc, dans une lettre ainsi conçue :

EMPIRE FRANÇAIS.

Fontainebleau, 23 novembre 1807.

« Monsieur,

« J'ai fait passer à Son Excellence Monseigneur le grand maréchal du palais, la demande que vous m'avez fait l'honneur de m'adresser. Son Excellence m'a répondu en ces termes le 5 novembre : « Je ne vois pas d'inconvénient à ce que les habitants de « la ville continuent tous les ans, à tirer l'arc dans le parc, « comme ils ont eu coutume de le faire jusqu'à présent. »

« J'affime avoir entre les mains la lettre de Son Excellence, à laquelle l'extrait ci-dessus est entièrement conforme. »

« J'ai l'honneur de vous saluer,

Le Maire de Fontainebleau,

DUBOIS D'ARNEUVILLE (1). »

(1) M. Dubois d'Arneuville, maire de Fontainebleau sous l'Empire et la Restauration, mourut en 1823. Il est enterré à Gironville près Beaumont (Seine-et-Marne). M. D'Arneuville maria sa fille au colonel baron Lagorsse, qui fut le chambellan-gardien de Pie VII, pendant son séjour à Fontainebleau. M. Dubois d'Arneuville était un descendant du célèbre Ambroise Dubois, « peintre du roi Henri IV, en son palais de Fontainebleau. » — Mme Lagorsse, fille de M. d'Arneuville, s'est distinguée par sa générosité envers l'hospice de Fontainebleau. Elle a légué à cet établis-

La *Demi-Lune*, en vertu de cette autorisation, fut choisie par les chevaliers de l'arc de Fontainebleau, comme lieu de réunion annuelle pour le tir de l'oiseau. Dans ce costume d'autrefois, qui ressortait si agréablement sur ce fond de verdure et d'ombrage, et qu'ils avaient encore gardé au commencement de ce siècle, la tête poudrée à blanc, en culottes courtes et souliers à boucles, les archers entre les parties, venaient s'asseoir sur le gazon de la prairie. Là, pour réparer leurs forces, ils prenaient part, en plein air, à une courte collation, dont le menu, qui prouve la tempérance et la sobriété de nos pères, nous est indiqué dans les notes consignées par le doyen de la compagnie (1).

A la fin d'août 1809, alors que les jours commençaient à décroître sensiblement, deux dimanches successifs furent consacrés à un grand tir auquel participèrent 45 archers, appartenant aux Sociétés de Fontainebleau, d'Avon, et à celles dites des *Fosses Rouges* et du *Jardin Vallet*. Trois prix étaient offerts aux concurrents : ils consistaient, le premier, en un moutardier plaqué en argent, avec un huilier d'argent ; le second, en deux salières d'argent ; le troisième, en deux paires de boucles d'argent pour jarretières et souliers, — détail piquant à relever et qui prouve qu'à cette date, les chevaliers de Fontainebleau étaient restés fidèles au costume du XVIIIe siècle.

A ce concours qui paraît avoir fait époque dans les annales de notre société, les prix furent gagnés savoir : le premier, par M. Duclerc, ancien roi de la compagnie de Fontainebleau ; le second, par M. Margaron, membre de la Société des *Fosses Rouges ;* le troisième, par M. Frichet, membre de la Société du *Jardin Vallet*.

Le registre qui nous a servi de fil conducteur pour résumer le passé de la Société de l'arc de Fontainebleau, s'arrête au mois de février 1810. Encore bien qu'à partir de cette époque, cet unique document nous fasse complètement défaut, la location mentionnée plus haut et consentie pour neuf ans, à cette compagnie, suffit

sement environ 170,000 fr. pour fonder un service de maternité à l'hospice du Mont-Pierreux.

V. pour la généalogie des Dubois d'Arneuville, au 4e vol. de la Société d'archéologie de Seine-et-Marne, p. 105-114, la notice si complète de M. Th. Lhuillier, année 1867. — Au 5e vol., p. 293-302, notre *Revue des Archives du Mont-Pierreux*, année 1870. — Notre *Notice sur Pie VII à Fontainebleau*.

(1) Voici le menu exact de cette frugale collation : 12 bouteilles de vin, 12 bouteilles de bierre, 6 douzaines d'échaudés, 2 pains de 4 livres, une livre et demie de fromage de Gruyère.

pour attester que l'ancienne Société continua de fonctionner régulièrement jusqu'en 1820 (1).

Depuis la Restauration jusqu'à nos jours, la Société du jeu de l'arc de Fontainebleau a subi diverses transformations, et après des intermittences assez prolongées, nous l'avons vue reparaître d'abord dans les premières années qui suivirent la Révolution de juillet. Puis, enfin, de 1860 à 1870, sous le second Empire, elle se reconstitua sur de nouvelles bases. Elle eut son champ de tir près de la chapelle de Notre-Dame-de-Bon-Secours, sur la route de Melun. Cette Société, reconstituée, suit le règlement de Paris et non de Saint-Médard (v. p. 278).

Quand Napoléon III se rendait annuellement à Fontainebleau, pour y passer la saison d'été, les chevaliers de l'arc se joignaient aux autorités civiles et militaires qui se portaient à la rencontre du chef de l'État. Toutes ces députations réunies près de l'arc de triomphe dressé à l'entrée de la ville, saluaient le souverain sur son passage.

Nous touchons mantenant au terme de la tâche que nous nous sommes proposée. En retraçant dans ses moindres détails, l'existence d'une association dont la fondation remonte à l'origine de notre cité comme paroisse distincte, nous nous sommes efforcé de nous conformer au programme de la Société d'archéologie de Seine-et-Marne. Exemptée par sa constitution de tout service militaire, créée dans un simple but d'honnête distraction, la compagnie de Fontainebleau n'eut pas à concourir à la défense d'une ville, d'ailleurs privée de fortifications. A défaut d'un glorieux passé, auquel elle n'eut ni le pouvoir ni l'occasion de prétendre, notre Société se fit remarquer par son bon esprit de confraternité, par l'honorabilité et la courtoisie de ses membres, la stricte et scrupuleuse observation d'un règlement sage et sévère à la fois. Nous nous sommes appliqué à rattacher son souvenir à l'histoire générale de notre pays, et nous l'avons vue pendant toute sa durée, sincère dans son patriotisme, modérée dans ses principes, s'associer par ses sympathies et ses regrets aux gloires et au deuil de la France. C'est là son meilleur titre de recommandation auprès

(1) Des recherches nombreuses, faites depuis la présentation de ce mémoire, nous ont permis, au § X de notre appendice, de continuer authentiquement et sans interruption, jusqu'en 1874, l'historique des chevaliers de Fontainebleau, et de mentionner la liste des rois d'une autre Société, parallèle à celle de la *Galère*, et dont les archives, parfaitement conservées, remontent à 1698 (V. le § VIII de l'appendice).

de ceux qui s'intéressent à l'étude des coutumes et des institutions provinciales, l'une des missions multiples de notre Société.

APPENDICE ET PIÈCES JUSTIFICATIVES

Depuis la lecture de cette étude sur la Société de l'arc de Fontainebleau, nous avons recueilli des renseignents complémentaires qu'il est indispensable d'ajouter sous forme d'appendice, à la suite de notre travail primitif.

I. — ARCS. — FABRICATION. — MATIÈRES SERVANT A LA FABRICATION.

Les anciens fabriquaient leurs arcs avec le bois d'if (*taxi torquentur in arcus*), dit Virgile, et, de tout temps, ce bois a été préféré pour le même usage, à cause de sa raideur et de son élasticité. A son défaut, on y employait le cormier, l'orme, le frêne, l'érable.

Quant à leur dimension, Homère parle d'arcs qui avaient 16 largeurs de mains de longueur, ce qui revient à 5 pieds et quelque chose de plus. C'est à peu près celle qu'on donne encore aux arcs qui se fabriquent pour les compagnies du jeu de l'arc conservées dans les villes de France.

Les arcs de guerre et de chasse ont toujours été d'une moindre proportion, surtout ceux destinés pour la chasse du gibier.

Le chanvre et la soie étaient la matière la plus ordinaire dont on se servait pour faire la corde. Des boyaux de jeune bœuf, cordés et assemblés comme de grosses cordes de harpe, et, quelquefois, du crin de queue de cheval, ont été employés anciennement au même usage; mais les meilleures cordes étaient celles de soie.

Les flèches se faisaient de frêne, cormier, hêtre, bois de Brésil et quelquefois de bois tendre et léger, comme le peuplier, le tremble, le saule. Chez les anciens, l'usage le plus général était de les faire de roseau, car Virgile, pour désigner une flèche, se sert presque toujours du mot *arundo*.

La coche, c'est-à-dire l'extrémité qui embrasse la corde, se garnissait de corne ou d'os, et l'autre d'un fer à douille pointu et acéré, quelquefois uni, et le plus souvent armé de deux crochets, ainsi qu'on a coutume de représenter les flèches. Il s'en faisait aussi dont le fer se terminait en fourche, ou plutôt par une espèce de croissant.

Dans l'ancienne maison rustique de Charles Étienne et Jean Liébaut, il est dit : « Pour prendre oiseaux à l'arc ou arbalestre « sur maison, arbres, buttes, faut que l'arbalestrier ait sagettes « doubles, forchées en la partie de devant; quand il voudra prendre « oyes ou autres grands oiseaux, partout bien aiguës, qui tran- « chent l'aile ou le col qu'elles toucheront, car la seule perçure « commune de la sagette ne blesseroit pas tant l'oiseau qu'il peust « demeurer là, mais s'en iroit percé et blessé, combien que pos- « sible il mourroit ailleurs. »

Pour faire les arcs et les flèches, le bois devait être *assaisonné*, c'est-à-dire trempé dans l'eau pendant un certain temps, et ensuite passé au feu (1). En consultant les anciens statuts des maîtres arquebusiers, arctiers, artilliers, arbalestriers de Paris, entre autres prescriptions qui leur sont imposées, nous avons remarqué celles-ci :

« Que les ouvriers de ce métier seront tenus de faire arcs de « bon bois d'if ou autres bois suffisant bien assaisonné, et qu'il « soit gardé à ce qu'il ne se puisse rompre par faute d'être bien « fait, etc., etc. (art. 21).

« Pourront, ceux dudit métier, faire et vendre arcs de plusieurs « pièces, pourvu qu'elles soient bien assemblées et cochées de « bonne colle, et bien et suffisamment (art. 22).

« Qu'ils seront tenus de faire flèches de bon bois sec, bien cor- « royé et assaisonné, et bien transversé de bonne corne, bien col- » lées, entaillées de plusieurs pièces, empennées de suffisante « longueur, c'est-à-dire les flèches de deux pieds et demi et deux « doigts de long, etc., etc. »

II. — DRAPEAU DES CHEVALIERS DE FONTAINEBLEAU.

Le drapeau, est-il dit dans les statuts particuliers, « sera de « deux aulnes moins demi-quart en carré de la grandeur de ceux « du roy; le gland, l'écharpe, la pique dorée au feu, le bout d'en « bas, le bâton, le fourreau, avec toutes ses fournitures, sera de « six louis. Le tout sera peint et doré en or fin, pour la somme « de 144 livres. »

(1) V. *Encyclopédie méthodique* et *Dictionnaire de toutes les Espèces de Chasses*. — Paris, H. Agatte, éditeur, l'an III de la République française, 1er vol. in-8°, p. 19.

Le drapeau était blanc, semé de seize fleurs de lys d'or de quatre carquois et flèches entremêlées et dorées. Il portait au centre une couronne d'or, surmontant les armes de France et de Navarre. Une note inscrite sur un registre de 1733 qui nous a été communiqué depuis par l'archiviste actuel de la Société, constate que le 1er mai 1733, la bénédiction solennelle du drapeau fut faite par M. Valiton, curé de Fontainebleau, qui chanta préalablement : *adjutorium nostrum in nomine Domini*, célébra la grand'messe, puis donna le baiser de paix à M. Louis Pauly, porte-enseigne du drapeau et concierge des écuries du roy, et lui remit le drapeau béni.

III. — QUESTION DE PRÉSÉANCE ENTRE LES CHEVALIERS DE FONTAINEBLEAU ET DE PARIS.

Une note curieuse, jointe aux anciennes archives, constate que dans un concours provincial tenu en Picardie, au commencement du XVIIIe siècle, il s'éleva, entre les chevaliers de Fontainebleau et de Paris, une question de préséance, rappelant la longue et interminable querelle des ducs, qui occupe une si large place dans les mémoires de Saint-Simon, le noble duc historien.

Lorsqu'il fut question de l'ordre de la marche, Paris, comme capitale, prétendait avoir le pas. Fontainebleau soutenait que son drapeau portant l'écu de France et de Navarre, les armes de France ne devaient pas marcher après celle d'une ville, quoique capitale. Il y eut beaucoup de disputes et de raisons alléguées de part et d'autre, de sorte que les chevaliers de Fontainebleau voyant que les voix étaient portées un peu plus pour la capitale, envoyèrent seller et brider leurs chevaux, et prirent congé avec promesse de porter leurs plaintes à la cour. Ce faux départ intrigua les esprits ; on calma messieurs de Fontainebleau qui s'obstinaient à marcher devant Paris ou à partir. Ils firent valoir de si fortes raisons que la balance pencha de leur côté et que Paris se retira après avoir protesté.

La note en question cite les chevaliers de Laplace, Laplaine, Desroches, de Fontainebleau, comme ayant assisté à ce concours.

IV. — RÈGLEMENT DE SAINT-MÉDARD-LEZ-SOISSONS.

La plus ancienne Société de Fontainebleau, dont l'existence est authentiquement constatée en 1698 (ainsi qu'il appert d'une copie des ordonnances du noble jeu de l'arc de Meaux), adressée aux chevaliers et confrères de Fontainebleau, le 12 juillet 1698, observait les règlements édictés depuis plus de mille ans, par l'abbaye royale de Saint-Médard-lez-Soissons, jadis chef-lieu de toutes les compagnies de l'arc de France.

Une lettre du 4 juillet 1766, établit l'origine de la suprématie ancienne de l'abbaye de Saint-Médard. Cette lettre que nous reproduisons plus loin dans son entier, était adressée aux chevaliers de Fontainebleau, pour les féliciter d'avoir choisi le marquis de Montmorin, gouverneur du palais de Fontainebleau, comme capitaine honoraire de la compagnie.

La nomination du marquis de Montmorin fut l'origine d'une faveur toute spéciale à laquelle les chevaliers de Fontainebleau se montrèrent fort sensibles, et que l'archiviste de la Société n'a pas manqué d'enregistrer dans ses annales.

« Par ordre de notre capitaine, y est-il dit, la messe en l'hon-
« neur de saint Sébastien, fut dite le 1er mai 1768, en la chapelle
« royale du château de Fontainebleau, dans lequel château et
« messe, étant entrés en ordre, tambours battant et fifres jouant,
« sommes revenus de même. »

Une autre solennité religieuse a fait également époque dans l'histoire de la Société de Fontainebleau, et les chevaliers du dernier siècle lui ont consacré sur leur registre cette courte mention :
« Le 25 août 1752, à l'occasion de la convalescence du dauphin,
« le prévôt, le lieutenant-général de police, le procureur du roi,
« les marguilliers en robes de palais, les chevaliers sur deux rangs
« dans le chœur, à droite et à gauche, ont entendu un *Te Deum*.
« Avant de sortir, le drapeau a salué trois fois le Saint-Sacrement.
« Au dehors on a crié trois fois : vive le roi ! vive le dauphin !

« Ce fut une mémorable fête, la première en ce genre, à l'hon-
« neur de la chevalerie, » ajoute le greffier, rédacteur de la compagnie de Fontainebleau.

La Société de Fontainebleau s'était, vers la seconde moitié du siècle dernier, acquis parmi ses voisines et ses rivales, un tel renom d'autorité et de considération, qu'elle avait été prise par elles comme arbitre et médiatrice. Aussi, dans une lettre du 24 mai 1766, jointe aux archives, et signée de M. Retel, capitaine connétable de la compagnie de Provins, nous voyons ce dernier demander aux chevaliers de Fontainebleau, une consultation sur certains faits qui faisaient alors « divorce » dans la prétendue compagnie de Provins. La lettre de Provins, la réponse et les délibérations des chevaliers de Fontainebleau furent déposées au greffe de notre Société.

V. — UNIFORME DES CHEVALIERS DE L'ARC.

Suivant ordonnance rendue par Louis XV en 1774, il fut décidé que dans tout le royaume, il y aurait pour les chevaliers de l'arc et les arquebusiers, un uniforme ainsi composé : habit rouge de camelot ou de bouracan, boutons en or à brandebourgs, douze boutonnières par devant, trois à chaque poche et par derrière. Parements et collets en bouracan, couleur chamois, garnis au pourtour d'un petit galon en or, les boutons uniformes, une épaulette en or avec frange et graine d'épinard, veste et culotte, bouracan chamois.

Une décision de la Société de Fontainebleau, en date du 13 décembre 1733, portait qu'en vertu de l'ordonnance de Mgr. de Pomponne, grand maître de tous les jeux d'arc en France, et à partir du jour de la saint Sébastien (lors prochaine), 20 janvier 1734, « chaque officier et chevalier seraient obligés de porter la mé- « daille ordonnée suivant et conformément à l'ordonnance de « Monseigneur le susdit grand maître. »

Dans le chapitre de l'abbaye royale de Saint-Médard-lez-Soissons, la couronne d'argent et autres marques d'honneur étaient remises ès-mains du nouveau roi. (Art. 15 des statuts et règlements généraux pour toutes les compagnies du noble jeu de l'arc et confréries de saint Sébastien, dans le royaume de France; Soissons, chez le sieur Varoquier, imprimeur et marchand libraire, rue Saint-Christophe, 1734).

Aux termes de l'article 45 des mêmes statuts, au décès du roi, la couronne et autres marques d'honneur étaient mises en dépôt entre les mains du capitaine jusqu'à ce que la compagnie eût tué l'oiseau et reconnu un nouveau roi.

L'autorité épiscopale apportait une protection toute particulière aux chevaliers de l'arc pour la plus grande facilité et le libre exercice de leurs jeux.

Un monitoire obtenu à Sens, le 1er juillet 1747, signé Toussaint Cottet, official de la cour archiépiscopale de Sens, menaçait de la peine d'excommunication ceux qui avaient abattu ou démoli les buttes de la compagnie de Fontainebleau, et avaient prêté des pioches ou autres outils pour ladite démolition.

VI. — PRÉSENTATION DES CHEVALIERS DE FONTAINEBLEAU AUX AMBASSADEURS DE TIPOO-SAÏB.

La solennité du 15 juillet 1788 marque dans les fastes historiques de la Société de Fontainebleau. Aussi, laisserons-nous la parole aux chevaliers qui ont donné place à la relation détaillée de cette cérémonie sur le registre de la compagnie.

« Ledit jour, les chevaliers de Fontainebleau se rendirent, tam-« bour battant, à l'hôtel de MM. les ambassadeurs de Tipoo-Saïb, « alors logés à la Galère, rue du Gouvernement (1), pour rendre « hommage à Leurs Excellences, où étant arrivés trouvèrent la « compagnie des grenadiers de la milice bourgeoise. Ils furent « présentés aux ambassadeurs par l'introducteur nommé de la « cour de France.

« Conduits d'abord chez le premier ambassadeur qui les reçut « d'une façon très-affable, ils présentèrent à son excellence un arc « bandé avec sa flèche; il le visita, le mit en détente, en leur fai-« sant connaître les différentes manières dont on en faisait usage « comme arme dans l'Inde. Les chevaliers lui présentèrent aussi « des cartes, pour lui donner connaissance de leurs exercices, « auxquels il promit d'assister à quatre heures.

« Le second ambassadeur (général des troupes de l'Inde); le « troisième (chef de la religion), accueillirent les chevaliers avec « une semblable courtoisie.

« Les trois ambassadeurs se rendirent à quatre heures, dans « leurs voitures, jusqu'aux buttes, accompagnés des officiers et « grenadiers de la milice bourgeoise, et des brigadiers de la ma-« réchaussée. Après avoir assisté aux exercices des chevaliers, ils « remontèrent dans leurs voitures pour se rendre à Paris. Ils fu-« rent reconduits jusqu'au bas de la montagne de Chailly par la « compagnie de grenadiers et par une foule nombreuse de peuple, « de qui ils reçurent de nouvelles acclamations. »

VII. — LES ARNAULD. — L'ABBÉ ARNAULD DE POMPONNE, RÉDACTEUR DU RÈGLEMENT DE L'ABBAYE DE SAINT-MÉDARD.

La famille Arnauld, portait d'azur à un chevron d'or, accompagné en chef de deux palmes adossées d'or, et en pointe d'un rocher aussi d'or.

(1) Aujourd'hui boulevard Magenta, nos 8 et 10.

(V.-P. Anselme, 9e vol., p. 301-309, biblioth. de la rue Richelieu, au catalogue des chevaliers de l'ordre du Saint-Esprit, des chanceliers, gardes des sceaux et commandeurs des ordres du roy, édition de 1733.)

Henry-Charles Arnauld de Pomponne, dit l'abbé de Pomponne, naquit à La Haye en 1669, pendant l'ambassade de son père. Sa naissance donna occasion à ce dernier de prouver son désintéressement. Les États-Généraux lui firent offre de tenir son fils sur les fonts baptismaux, ce qui aurait assuré à l'enfant une pension viagère de 6,000 livres. M. de Pomponne remercia les États. Il craignait de ne plus conserver la même liberté dans les négociations.

L'abbé de Pomponne, auteur du règlement de l'abbaye de Saint-Médard-lès-Soissons, observé par les chevaliers de Fontainebleau, était fils de Simon Arnauld de Pomponne, successivement ambassadeur extraordinaire en Suède et en Hollande, ministre secrétaire d'État, surintendant général des postes et relais de France, mort en 1699, et de Catherine Ladvocat, morte en 1711 (1).

Le roi Louis XIV donna au jeune Pomponne l'abbaye de Saint-Maixant en 1684, et vers l'année 1693, il le nomma à l'abbaye de Saint-Médard de Soissons. Abbé commendataire de cette maison, conseiller d'État ordinaire, il fut ensuite choisi comme ambassadeur extraordinaire près la République de Venise, auprès du pape Clément XI, du grand duc de Toscane et autres princes de l'Italie. — On assure qu'à la mort de son père (1699), Louis XIV lui dit : « Vous pleurez un père que vous retrouverez en moi, et moi je perds un ami que je ne retrouverai plus. »

Pomponne fut pourvu de la charge de commandeur chancelier garde des sceaux et surintendant des deniers des ordres du roi, le 15 septembre 1716, et prêta serment entre les mains de Sa Majesté le 28 novembre 1716. En 1743, il fut élu membre de l'Académie des inscriptions. On a quelques lettres de lui, adressées à M. de Caylus, évêque d'Auxerre, dans lesquelles il défend avec énergie la mémoire de son grand oncle, le docteur Arnauld, le célèbre janséniste, qui avait été violemment attaquée par le Père Pichon, jésuite, dans son *Esprit de Jésus-Christ* (2).

L'abbé de Pomponne remplit avec talent et fermeté les diverses

(1) V. P. Anselme, tome 8, p. 309.
(2) V. *Biographie universelle*, de Michaud.

fonctions qui lui furent confiées. Il mourut en 1756. Il fut le dernier des Arnauld. Son frère aîné, Nicolas-Simon Arnauld, marquis de Pomponne, brigadier des armées du roi et lieutenant général du gouvernement de l'Ile-de-France, ne laissa qu'une fille, qui fut mariée, en 1715, à M. de Gamache.

VIII. — LETTRE DE L'ABBÉ DE POMPONNE A M. BOUCHER, PROCUREUR DE LA COMPAGNIE DE FONTAINEBLEAU.

Paris, 22 avril 1747.

« Messieurs,

« J'ai reçu la délibération que vous m'avez envoyée du 16 avril, avec la lettre en forme de placet. J'ai approuvé vos justes remontrances ; vous avez unanimement désiré de vous conformer aux statuts que j'ai donnés en 1733, pour la direction et police de vos jeux.

« Aussi, il est nécessaire, pour maintenir la discipline sage et prudente, qu'ils soient dûment enregistrés en votre greffe, afin d'y avoir recours dans tous les cas où il peut y avoir des contrevenants. C'est ainsi que se gouvernent toutes les Compagnies du royaume qui les ont reçus.

« Cette loi alors devient la règle pour ceux qui sont de la Compagnie, pour recevoir ceux qui se présentent, comme aussi pour exclure les perturbateurs et ceux qui ne veulent pas s'y conformer.

« Ainsi, Messieurs, vous êtes les maîtres, à la pluralité des voix, d'exclure et de recevoir les sujets qui ne vous conviennent pas. Vous composez, Messieurs, une société de dévotion à Saint-Sébastien, mais les confrères doivent vivre entr'eux avec sagesse, modération et beaucoup d'union.

« Quant à vos jeux, c'est un exercice honorable et louable qui a mérité l'approbation de nos maîtres.

« Depuis Charles-le-Chauve, les abbés de Saint-Médard, comme juges souverains des contestations qui pourraient arriver dans ces jeux, ont donné, en différents temps, des statuts pour en régler la discipline, et éviter les querelles trop fréquentes dans les assemblées. C'est dans cette vue que je les ai renouvelés en 1733. Dès que vous les aurez acceptés et reçus avec plaisir, je crois que quiconque veut entrer dans votre Compagnie doit s'y soumettre ou en sortir s'ils ne lui conviennent pas. Voilà, Messieurs, les décisions que je donne aux remontrances que vous m'avez faites. C'est à vous, Messieurs, à les exécuter. Rien ne se passe ici par votre autorité, mais par mes remontrances sages et prudentes.

« Je suis, Messieurs, très-sincèrement votre serviteur,

« L'abbé DE POMPONNE. »

Cette lettre, dont la Compagnie des chevaliers de l'arc de Fontainebleau possède encore l'original, nous a été communiquée par M. Borel, peintre-décorateur à Fontainebleau, archiviste de la Compagnie. Nous nous faisons un devoir de consigner ici nos sincères remercîments pour l'obligeance qu'il a mise à nous faciliter l'énonciation des principaux documents mentionnés dans cet appendice.

La lettre de M. de Pomponne a d'autant plus d'importance qu'elle prouve : 1° que, depuis Charles-le-Chauve, les abbés de Saint-Médard étaient juges souverains pour les contestations entre chevaliers ; 2° que les statuts généraux de l'abbaye de Soissons ont été renouvelés en 1733 par M. de Pomponne, et rédigés en soixante-dix articles.

La Compagnie de Fontainebleau, qui possède ces curieuses archives, a toujours conservé la pureté de la doctrine de l'abbé de Pomponne, et elle s'est toujours scrupuleusement conformée aux statuts qu'il a édictés.

La Société de Fontainebleau, qui s'est reconstituée sous Napoléon III, et que nous avons mentionnée plus haut, n'est pas la même que celle dont les archives remontent à 1698. La nouvelle observe le règlement adopté en 1786 pour le corps des chevaliers de l'arc de la ville de Paris, en vertu d'une ordonnance rendue par Monseigneur le duc de Montmorency-Luxembourg, duc de Luxembourg et de Châtillon-sur-Loing, pair de France et premier baron chrétien de France, maréchal des camps et armées du roi, lieutenant général de la province d'Alsace, colonel du corps des chevaliers de l'arc de la ville de Paris, etc.

Le règlement de Paris a considérablement modifié celui de Soissons, et les vieilles Sociétés provinciales, attachées aux anciens usages, n'ont pas voulu l'adopter et préfèrent de beaucoup celui de Saint-Médard-lès-Soissons, qui compte mille ans d'existence.

IX. — LETTRE DE DOM ANSART,

grand-prieur et prieur général de Saint-Médard-lès-Soissons, chef-lieu de toutes les chevaleries de France, en réponse à celle écrite au nom de la Compagnie de Fontainebleau, par M. Laurent, roi.

« Monsieur,

« C'est avec grand plaisir que je donne à votre illustre Compagnie les éclaircissements qu'elle demande par votre canal. La colonelle de tous les nobles jeux de l'arc de France réside à Soissons, et elle subsiste depuis mille ans au chef-lieu, qui est l'abbaye royale de Saint-Médard.

« L'abbé, soit régulier, soit commendataire, a été de tout temps le juge souverain et le grand-maître de toute la chevalerie du royaume. Ce droit est constaté dans nos archives par les écrits les plus anciens et les plus authentiques. C'est aujourd'hui Monseigneur le cardinal de Bernis qui possède cette juridiction, et, en cette qualité de grand-vicaire né et irrévocable de cette Éminence, c'est moi qui l'exerce en son nom, pour tous les différends qui peuvent survenir aux nobles jeux de l'arc, dans toute l'étendue du royaume.

« Votre Compagnie ne pouvait choisir un capitaine honoraire plus honorable que M. le marquis de Montmorin. Je vois, par votre exposé, qu'elle est bien tenue. Soutenez-la avec distinction à l'ombre des statuts qui sont toujours les mêmes. Faites-lui agréer mes civilités, et soyez persuadé qu'on ne peut rien y ajouter que l'honneur d'être très-parfaitement, Monsieur,

« Votre très-humble et très-obéissant serviteur,

« DOM ANSART,

« *grand-prieur et prieur général.*

« En l'abbaye royale de Saint-Médard-lès-Soissons, le 4 juillet 1766. »

Au dos est écrit : « A M. Laurent, premier lieutenant et roi de la Compagnie du noble jeu de l'arc, à Fontainebleau. »

X. — LISTE DES ROIS PLACÉS A LA TÊTE DE LA SOCIÉTÉ DE L'ARC, FONDÉE EN 1698.

La Société de l'arc de Fontainebleau, dont le registre, remontant à 1779, est tombé en notre possession, était connue sous le nom de *Société de la Galère*. Elle était distincte de celle fondée en 1698, dont M. Borel, archiviste actuel, nous a si obligeamment communiqué le premier registre de 1733. Ces deux sociétés vécurent côte à côte et observèrent scrupuleusement les statuts de l'ordre de Saint-Médard de Soissons. Nous avons donné, dans la première partie de ce mémoire, la liste des rois de la Société de la Galère. Pour rendre aussi complet que possible notre travail, nous croyons devoir indiquer les rois de l'autre Compagnie, jusqu'à l'époque où nous avons pu en vérifier exactement la liste. — Rois : 1733, André Pauly, ancien chevalier, entrepreneur des bâtiments du roi. — 1734, Monseigneur le marquis de Montmorin, gouverneur des château et forêt de Fontainebleau (avec le titre de colonel de la Compagnie). — 1734, Me Laurent Desmares, avocat au Parlement, nommé lieutenant de M. de Montmorin, par la même décision. — 1735, Gabriel Rebours, roi. — 1737, Gosse. — 1739, Desbouts. — 1740, Jean David. — 1741, Henry Rebours. — 1742, Gabriel La Brie. — 1748, Jean Pauly. — 1749, Louis Pauly. — 1750, Guillemin. — 1752, Sieur de la Penay, officier du roi, au palais de Fontainebleau. — 1754, Mousseux. — 1757, Bonneval. — 1765, François Maréchaux. — 1766, François-Gabriel Laurent. — 1775, Gabriel Maréchaux. — 1777, Rossignol. — 1778, Lucas. — 1779, Héron. — 1780, Marcelin. — 1788, Pauly. — 1789, Aubinaud. — 1790, Maréchaux. — 1790-1806, interruption pendant la Révolution et années suivantes. — 1806, Brosset. — 1807, Foulon. — 1809, Certain. — 1810, Chartier. — 1814-1815, interruption pendant l'invasion. — 1817, Delaitre. — 1818, Margaran. — 1822, Ozanne. — 1823, Lampé. — 1830, Foin aîné. — Jusqu'en 1838, interruption. — 1839, Julienne. — 1840, Chenu. — 1842, Foin cadet. — 1844, Lallemant. — 1845, Bujaud. — 1851, George. — 1854, Roblou père. — 1859, Borel. — 1862, Mathé. — 1863, Thomas. — 1864, Berthier. — 1865, Lamain. — 1866, Roblou fils. — 1867, Foin fils. — 1870, Julienne fils. — 1871-1872, interruption causée par la guerre. — 1873, Leveau. — 1874, Filliot (Baptiste).

XI. — LES ARCHERS ÉCOSSAIS.

Dans la première partie de ce mémoire, sous le § 1er, nous avons fait allusion à la valeur des archers écossais. Nous pensons qu'on ne lira pas sans intérêt l'appréciation qu'a portée, sur cette milice, un de nos plus illustres compatriotes. Dans le 8e volume de ses

Mémoires historiques, publiés il y a six mois seulement, le général comte Philippe de Ségur, père de M. Louis de Ségur, actuellement député de Seine-et-Marne, démontre (p. 271, éd. F. Didot) — que : « Pendant la guerre de Cent-Ans, à Poitiers, Crécy, Azincourt, il faut attribuer nos revers au calme tenace des Anglais et à l'habileté de leurs archers. Dans ces chocs, leurs chefs, toujours bien postés, comptèrent tellement sur ces avantages qu'on les vit attendre notre attaque, et recevoir plutôt que donner bataille. »

XII. — LES CHEVALIERS DE FONTAINEBLEAU PENDANT LES GUERRES DE LA Ire RÉPUBLIQUE.

Sous le § IV du mémoire qui précède, en analysant les procès-verbaux des séances de la Société, nous avons fait allusion au dévouement et à la bravoure de plusieurs chevaliers de l'arc de Fontainebleau, morts glorieusement en 1792, pendant la première invasion allemande. Au siége de Landau, ville forte qui fut bloquée durant cinq mois entiers, de juillet à décembre 1793, le bataillon de Seine-et-Marne se distingua par la bravoure avec laquelle il se défendit.

Il m'a été donné d'en trouver la preuve et la constatation dans un journal militaire, conservé dans mes papiers de famille, écrit en entier de la main du chef de bataillon Thévenon (Edme-Justin), mon grand-oncle, né à Melun, le 9 février 1764, et décédé à Fontainebleau, le 2 mars 1832.

Cet officier supérieur, qui faisait partie du conseil de défense de la place de Landau, a laissé de curieux détails sur le siége de cette ville forte. Dans les vigoureuses sorties de la garnison, tentées contre les Prussiens, commandées par le prince héréditaire de Prusse (depuis élu roi), « le 5e bataillon de Seine-et-Marne, — rapporte le commandant Thevenon, — se couvrit de gloire et montra la tenacité de vieilles troupes aguerries. J'eus à regretter, dit-il, plusieurs jeunes gens, mes compatriotes, morts sur le champ de bataille. Parmi les braves qui donnèrent l'exemple du courage, je dois citer notamment le capitaine des grenadiers Lasnier (François); le lieutenant Auffroy (Jean-Baptiste); le sous-lieutenant Rollet (Louis), tous les trois de Fontainebleau. » Ces trois noms sont mentionnés dans la première partie de ce travail, parmi les chevaliers de l'arc de la Société de Fontainebleau.

Après cinq mois de siége, la place de Landau fut débloquée, les lignes des Autrichiens ayant été forcées de toutes parts par les généraux en chef Pichegru et Hoche.

Le commandant Thevenon a complété sur son journal (document de famille inédit), l'énumération des jeunes gens de Seine-et-Marne qui se signalèrent par leur valeur guerrière (1). Sur cette liste figurent, au nombre de vingt-deux, les officiers, sous-officiers et soldats ci-après nommés, et tous nés à Melun : le lieutenant Urbain (Maria) ; le sous-lieutenant Barchoux (Théodore), qui épousa depuis la sœur du général en chef Moreau ; le sergent-major Aubert (Pierre) ; le sergent Chamaillé (Liesne) ; le sergent Jarro (Pierre-Étienne); le sergent Lhermitte (Étienne); le fourrier Charpentier (François); — et dans les fusiliers, Albarel ; Bétouille (Louis) ; Legros (Nicolas) ; Jardry (François); Billotte (François); Thien (François) ; Berthaud ; Doyen ; Malcourand ; Grognet (Noël) ; Thorelle ; Limosin (Alexandre), sergent-major de la 2e compagnie ; Jeon (Clair), sergent-major de la 2e compagnie ; Roullier, sergent-major de la 4e compagnie ; Vautrain (Jacques), tambour ; Peroux (Étienne). — Tous, pendant le blocus de Landau, rivalisèrent d'intrépidité et de dévouement.

(1) Nommé membre de la Légion d'honneur, lors de la création de cet ordre, le commandant Thevenon avait été fait citoyen de Lyon, en 1792, pour avoir sauvé la vie du maire de Lyon, M. Imbert-Colommes. En 1795, il reçut un sabre d'honneur du général en chef de l'armée du Rhin, comme témoignage de sa valeur devant Manheim, dont le commandement lui fut confié à l'entrée des Français. Il fut successivement placé à la tête de plusieurs places fortes. Commandant de Guingamp en l'an VIII, il fut nommé gouverneur du château-fort de Sarragosse (1809). Appelé par l'empereur, en 1813, comme suppléant à la Cour spéciale de Seine-et-Marne, il fut chargé plus tard, en 1817, de l'organisation de la garde nationale de Seine-et-Marne. Il déploya, dans cette difficile et délicate mission, une rare intelligence et beaucoup d'activité.

www.ingramcontent.com/pod-product-compliance
Lightning Source LLC
Chambersburg PA
CBHW061606180626
46818CB00005B/1978
* 9 7 8 2 0 1 9 5 3 0 0 6 8 *